LIVRE
ÉCHAPPÉ AU DÉLUGE,

OU

PSEAUMES

NOUVELLEMENT DÉCOUVERTS;

Composés dans la langue primitive

PAR S. AR-LAMECH,

De la Famille Patriarchale de Noë;

TRANSLATÉS EN FRANÇOIS

PAR P. LAHCERAM,

Parisipolitain.

A SIRAP,

Ou à *PARIS*,

Chez L'ÉDITEUR, P. SYLVAIN MARÉCHAL,
Bibliothèque Mazarine, Collège des 4 Nat.

L'an de l'Ère Vulgaire 1784.

APPROBATION
DU CENSEUR ROYAL.

J'ai lû, par ordre de Monseigneur le Garde des Sceaux, un Manuscrit ayant pour titre : *Livre échappé au Déluge,* ou *Pseaumes nouvellement découverts,* par M. Maréchal, Éditeur : cet Ouvrage écrit dans le style qui lui est propre, respire le sentiment, & ne peut que rappeller à la Religion ceux qui en sont le plus éloignés. Il est un témoignage satisfaisant des talens & des bons principes de l'Auteur. M. l'Abbé de Reyrac, dont les Lettres pleurent la perte, s'étoit distingué par des Hymnes, que la postérité aimera toujours à relire; M. Maréchal s'annonce comme son digne émule, par des Pseaumes qui ne méritent pas moins l'attention des Lecteurs religieux & de bon goût. Je n'y ai d'ailleurs rien trouvé qui puisse en empêcher l'impression. A Paris, ce 23 Juillet 1784.

L'Abbé Roy.

L'ÉDITEUR＊BIEN INTENTIONNÉ

AU LECTEUR BÉNÉVOLE. SALUT.

BODMER, le critique le plus éclairé & le plus profond qu'ait eu l'Allemagne, nous apprend dans le 8ᵉ. Chant de son Poëme de Noë, « que » Débora, femme de Sem, avoit sauvé du Dé- » luge & déposé dans l'Arche les Odes d'Elihu, » le premier des Poëtes & que les Patriarches ho- » noroient du nom de divin. Mais ces Odes de- » venues bien-tôt trop sublimes pour les descen- » dans de Noë, furent enlevées au ciel par les » Anges pour leur servir de Cantiques. »

Elihu n'est pas le seul Ecrivain avant le déluge dont le nom soit venu jusqu'à nous. Sans parler d'Adam qu'on fait auteur du 92ᵉ Pseaume ; sans parler des Livres attribués à Seth ; dans les 12

＊ Qu'on pardonne d'avoir imaginé ce cadre innocent qui ne peut tirer à conséquence. La Mo- rale, ainsi que la Vérité, a besoin d'emprunter quelquefois le voile de la fiction. C'est le miel dont il faut adroitement couvrir les bords de la coupe amère des préceptes. Un caractère original donne le prix de la nouveauté aux choses les plus rebattues.

Un Auteur du dernier Siècle a osé davantage : Hugues de Picou, Docteur-ès-Droits, Avocat au Parlement de Paris, n'a pas craint de composer une Tragédie en 5 actes, dont voici le titre tout au long :

« Le Déluge Universel, Tragédie, où est com- » pris un abrégé de la Théologie Universelle, dé- » diée au Cardinal Mazarin, Paris 1643, in-12. »

＊ ij

Teftamens des Patriarches, on cite quelques Fragmens d'un livre compofé par Henoch, long-tems avant Noë : l'Apôtre S. Jude le fait Prophète ou Auteur d'une Prophètie, qui contenoit 4082 lignes. Noë, ajoute-t-on, l'enferma dans l'Arche avec foin. Les Ethiopiens fe vantent de poffé-der les Ouvrages d'Henoch. Les Arabes lui at-tribuent ceux que les Egyptiens donnent à leur Mercure Trifmegifte. Les Mufulmans le font in-venteur de plufieurs Sciences, fur lefquelles ils prétendent qu'il a laiffé des Ecrits.

Pendant que Noë fe conftruifoit une Arche, pour ne point être enveloppé dans la difgrace gé-nérale qui menaçoit fes contemporains pervers; *Ar-lamech* * fon parent, compofoit des Pfeau-mes, afin de ramener fes femblables dégénérés à la fimplicité première de la vie Patriarchale. Hélas ! l'Ouvrage étoit à peine terminé, que toute la race humaine furprife, comme on fçait, par un déluge univerfel, n'eut pas le tems de mettre à profit les Pfeaumes d'Ar-lamech.

Ils furent recueillis dans l'Arche avec leur Au-teur. Il feroit fuperflu & trop long de dire com-ment ils purent être confervés & paffer jufqu'à nos jours à travers tant de fiècles; & pourquoi ils font mis en lumière fi tard. Comme ils furent compofés pour la converfion des méchans, les

---

* *Il ne faut pas confondre* Ar-lamech *avec* La-mech *tout court, père de Noë & fils de Mathu-falem; encore moins avec* Lamech, *le Poly-game:* Ar-lamech, *l'Auteur de ces Pfeaumes, leur eft bien poftérieur.*

Anges ne s'en emparèrent point avec les Odes d'Elihu. Mais peut-être attendit-on pour les publier que le même débordement de mœurs, qui fit prendre la plume au bon Ar-lamech, vint de nouveau couvrir la face de la terre. C'est ainsi qu'on prétend aussi que Henoch doit revenir un jour pour prêcher la Penitence aux Nations corrompues de nouveau. Ces Pseaumes peuvent servir, en attendant sa venue.

Il est bon de prévenir que le Traducteur des Pseaumes Antidiluviens n'a pas craint, en plus d'un endroit, d'accommoder au tems présent ce monument du tems passé, sans toutefois lui enlever son cachet original. Bien au contraire, ces petits Anachronismes lui laissent une teinte de cet esprit Prophétique, qui donne tant de prix aux Pseaumes de David.

L'Editeur publie ces Pseaumes avec d'autant plus de confiance, qu'il n'est pas le premier qui ose marcher sur les traces de David. Antoine, Roi de Portugal, réfugié en France, où il mourut à Paris *, le 16 Août 1595, âgé de 66 ans, a composé plusieurs Pseaumes en sa langue; lesquels furent traduits en 1701.

Plus récemment encore, un Juif Hollandois, David de Pinto, en a composé aussi un grand nombre en Hebreu.

Loin de s'étonner de cette hardiesse, ne devroit-on pas plutôt être surpris qu'un aussi excel-

---

* Il fut enterré aux Cordeliers, dans la Chapelle de Gondy.

lent modèle que David n'ait point eu plus d'imitateurs ?

Ces Pfeaumes, au nombre de trente-un, pourront fervir pour chaque jour du mois.

Bibliothèque Mazarine,
15 Août 1784.

N. B. *Le même dépôt qui nous a confervé les Pfeaumes renfermoit encore quelques opufcules, qui font évidémment du même tems & fans doute du même Auteur. Entr'autres, de petits Contes Paftoraux, fous le titre de l'Age d'Or, dans le genre de celui de Booz & Ruth ; quelques petites Odes, dont l'énergie attendriffante ne peut être comparée qu'à celle du Cantique des Cantiques ; quelques centuries de Vers Moraux, dans le ftyle des Proverbes de Salomon & du Livre de la Sageffe ; un Poëme fur Dieu, dans l'efprit qui caractérife quelques paffages hardis de l'Eccléfiafte ; un petit Commentaire fur la Providence, &c. &c.*

NOTICE HISTORIQUE

SUR L'AUTEUR DES PSEAUMES.

S. AR-LAMECH naquit au fein d'une grande Ville qui n'étoit pas le fiége des mœurs, & dans un Siècle qui n'étoit pas non plus l'Age d'Or. Il le preffentoit dès le ventre de fa mère ; car ce ne fut que par violence qu'on put le mettre au monde. Quelques femmes Sages, qui affiftèrent à fa naiffance, affurèrent même avoir entendu dire au nouveau né : *Que ferai-je fur la Terre ! j'y arrive beaucoup trop tard.* On prétend que ces paroles lui coûtèrent de tels efforts, que pour avoir parlé avant l'âge, il refta bégue tout le refte de fa vie.

Il ne dut qu'à lui fon éducation. Ses parens vouloient en faire un fuppôt du commerce ; mais fa véritable vocation ne tarda pas à contrarier ces vues étroites. Il eut une jeuneffe ftudieufe & peu diffipée ; mais fon efprit, ainfi que le refte de fon individu, ne fut point précoce. Lents à mûrir, les fruits qu'il donna n'en furent, peut-être, que plus fubftanciels & plus délicats. Les inclinations les plus paifibles faifoient la bafe de fon caractère ; & fon cœur, né pour les fentimens tendres, tempera les élans & retarda l'effor de fa fougeufe imagination. La douce Médiocrité étoit fon idole ; & il fit plus d'un facrifice à la Liberté. Condamné à vivre affez longtems à la ville, il s'échappoit le plus qu'il pouvoit pour parcourir les campagnes. Le féjour des forêts & des montagnes paroiffoit être fur-tout fa véritable Patrie. Il n'étoit à fon aife que là. Son ame s'aggrandiffoit en la préfence de la Nature.

Un genre de vie bien différent & bien oppofé l'attendoit, & devoit être pour lui l'occafion de développer fes facultés intellectuelles. On lui confia la garde d'une vafte Bibliothèque. Ce pofte fubalterne, peu important aux yeux de fes femblables, lui devint cher & précieux. Il ne s'occupa plus qu'à confronter le grand Livre de la Nature, & les meilleurs Livres fortis du cerveau des hommes. Entouré des erreurs en tout genre, de tous les tems & de tous les lieux, il avoit encore un autre avantage (fi c'en eît un). Il devint le commenfal des Auteurs & des Fauteurs du menfonge. Il en profita pour faire l'examen des préjugés à leur fource même. Il daigna hanter les Hypocrites & fréquenter les Charlatans, pour apprendre à les démafquer. L'afpect du Vice, vu de près, ne l'enflamma que davantage pour la Vertu. Longtems, il ne voulut point jouer d'autre rôle dans la Société, & fe contenta d'être le Spectateur des abus & des excès, fans que fon ame en fût fouillée. Quelquefois même, pour faciliter fa miffion, on le vit afficher la frivolité, & fe donner comme un homme fans conféquence & fans confiftence, afin de ne point fe rendre fufpect à ceux qu'il fe propofoit d'obferver de près. Il arrivoit de-là qu'on ne cachoit rien à fes yeux, qu'on ne taifoit rien à fes oreilles; on lui croyoit la vue peu fine & l'ouie dure. C'eft ainfi qu'il vint à bout de furprendre le fecret du méchant & de l'infenfé, pour avoir droit, un jour, de les traduire au Tribunal de la Raifon. Les Pfeaumes qu'on publie aujourd'hui, ne font que de foibles échantillons de fa manière de voir, de fentir, & d'exprimer ce qu'il a vu & fenti. Peut-être retrouvera-t-on un jour le grand Ouvrage, dont il s'occupa conftamment depuis le milieu de fa carrière jufqu'à fa mort, fur laquelle on a d'autant moins de détails à donner qu'on ne peut, ni ne doit l'affurer.

LIVRE
ÉCHAPPÉ AU DÉLUGE.

PSEAUME I.

Le Pſalmiſte annonce ſa miſſion, & prédit les ſuites qu'elle aura.

1. DIEU de Vérité! délie ma langue; je veux t'annoncer aux hommes.

2. Qu'ils ne diſent pas de moi : l'Apôtre de la Vérité bégaye.

3. A l'âge où le Chriſt prêche ſur la montagne; longtems avant lui, humble Diſciple du plus modeſte des Maîtres :

4. Je veux auſſi m'aſſeoir ſur

I

les derniers dégrés du Temple de la Vérité.

5. Là, j'écouterai à la porte du Sanctuaire ; & j'écrirai ce que j'aurai pu entendre.

6. A l'âge où le Dieu de l'Innocence fert de victime aux méchans, pour fervir de modèle aux bons ;

7. Je veux, auffi, être le martyr du dieu de Vérité.

8. Mais, hélas ! je ne courre pas les mêmes rifques : je parle à des fourds ; j'écris pour des aveugles.

9. Les fourds fermeront les yeux à mon livre ; l'aveugle bouchera fes oreilles à ma voix.

PSEAUME II.

Le Pſalmiſte ſe dévoue au ſalut
de ſes frères.

1. SOLEIL de Juſtice! lève-
toi ſur mon front; & accou-
tume ma vûe tendre à fixer tes
rayons.

2. Je veux t'annoncer devant
l'aurore; & les échos de la
nuit répèteront les paroles du
jour.

3. Heureux qui ſe dévoue
au Culte du dieu de Vérité.

4. Heureux qui ſe ſent le
courage de deſſervir l'Autel du
dieu de Vérité.

5. Seigneur! ô mon Dieu!

1 ij

dans tous les carrefours de la grande ville où je fuis né:

6. Je veux qu'on life, fur toutes les portes, le nom du Dieu de Vérité.

7. En lettres ineffaçables, j'écrirai ce nom, pendant le fommeil de la nuit.

8. Et mes Concitoyens, avides de nouvelles, liront fur leurs portes, en s'éveillant, le nom du Dieu de Vérité.

PSEAUME III.

Priére à Dieu pour la converſion des Riches.

1. DIEU de Bonté! ne me refuſe pas le don du ſentiment: Je veux pénètrer juſqu'au cœur du Riche.

2. Mais le Riche a-t-il des entrailles ? & s'il en a, ſont-elles de chair ?

3. Le Pauvre, aux yeux du Riche, eſt comme s'il n'étoit pas.

4. Le cœur du Riche eſt comme une pierre, où la parole du Dieu de Bonté ne peut prendre racine.

5. Seigneur, change ce cœur de pierre ; qu'il devienne un aimant :

6. Un aimant qui attire le Pauvre, & ne fasse qu'un avec lui.

7. Dieu de Bonté, communique à l'âme du Riche ta Vertu expansive.

8. Qu'il imite la Nature, qui ne reçoit que pour rendre.

9. Seigneur ! Seigneur ! du sein de la Capitale des riches Sybarites, je t'invoque.

10. Ma voix pourra-t-elle se faire jour jusqu'à toi, à travers les iniquités qui crient plus haut que moi ?

PSEAUME IV.

Le Pſalmiſte ſe propoſe de ſup-
pléer à la négligence des Miniſtres
du Seigneur.

1. **S**EIGNEUR ! Seigneur ! il
faut bien que je monte, un moment, dans la chaire de Vérité.

2. Puiſque les Miniſtres du
Dieu de Vérité trahiſſent leur
miſſion.

3. Les lâches ! je les ai vus
trembler, en la préſence des
Rois de la terre.

4. Je les ai vus affubler la
Vérité des livrées ſéduiſantes du
menſonge. Les lâches !

5. Ils diront, peut-être : quel

est il celui là qui ose s'annoncer, au nom du Dieu de Vérité?

6. Il prend mal son tems.
D'ailleurs, où sont les titres
de la mission?

7. Eh! quoi! celui-là qui
naguères touchoit le luth des
Sybarites, & composoit des
chansons tendres :

8. C'est le même qui ose toucher, aujourd'hui, aux cordes
de la lyre des Patriarches.

9. Oui! c'est lui-même! il
sort du jardin des Plaisirs, pour
cueillir les fruits de la Sagesse.

10. Oui! Seigneur, semblable
à l'agneau docile, j'accours à la
voix du plus sage des Pasteurs.

11. O mon Dieu ! je veux manger dans ta main le pain rude de la Vérité, & le faire goûter à mes semblables.

PSEAUME V.

Dieu n'a qu'à paroître, pour confondre l'Incrédule.

1. DIEU! il en eſt tems!
lève-toi : ſors de ton Sanctuaire,
& montre ta face.

2. Ce n'eſt qu'en te voyant,
que l'Impie pourra être con-
fondu.

3. L'Impie a oſé dire : ſi
Dieu n'étoit point un fantôme,
l'offenſeroit - on auſſi impune-
ment?

4. L'Univers, a-t-il ajouté,
eſt une ménagerie ſans maître :

5. Les animaux mal-faiſans
qui la compoſent, n'y crai-

gnent point la verge, ni le frein.

6. La terre est une vaste école dont les enfans indisciplinés se chamaillent, en l'absence de leur Regent.

7. O mon Dieu! je ne puis te voir ainsi plus longtems blasphemé; parois, & que les méchans tremblent.

8. Etend le bras d'un bout du monde à l'autre; & fais voir enfin que rien de ce qui existe ne peut se soustraire à celui par qui tout existe.

PSEAUME VI.

Les Athées de bonne-foi préférables aux Croyans sans mœurs.

1. DIEU de mes pères! pardonne à leurs enfans; & remets les aveugles dans le droit chemin.

2. Les Sages du siècle te croyent un hors-d'œuvre; livrés à leur propre imagination, ils imitent les insectes imprudens:

3. Ils se font brûlés, en voulant approcher trop près de la lumière.

4. Père des lumières, accommode-toi à la foiblesse de leurs yeux.

5. Prépare-les à recevoir, fans en être éblouis, un feul de tes rayons.

6. Pardonne leur du moins : mais venge-toi fur ces Hypocrites impies ;

7. Qui affichent par tout leur foi, pour mieux cacher leurs mœurs.

8. Déchire leur manteau, découvre leur front & qu'on y life ton figne de reprobation.

9. Ils font plus de tort à ta loi, en la confeffant ; que les incrédules, en la niant.

10. Le plus grand coup que le vice puiffe porter à la Vertu, c'eft d'en prendre le mafque.

11. Père des hommes! montre-toi face à face ; & permets à tes enfans, de te toucher du doigt.

———

PSEAUME VII.

L'exiftence de Dieu prouvée par des inductions.

1. Ou êtes-vous, Raifonneurs inconféquens, qui difputez à mon Dieu fon exiftence.

2. Et ne voyez-vous pas que les défordres de la fociété, ouvrage de l'homme, atteftent l'ordre de la nature, ouvrage de mon Dieu ?

3. Il faut bien qu'un Dieu bon me dédommage, un jour, des maux que les hommes me font fouffrir.

4. Oui, mon Dieu ! c'eft par ce que je fouffre, que j'aime

à croire que je ne fouffriraî pas toujours.

5. Oui, mon Dieu ! tu exif-tes : car j'ai tanc befoin que tu exiftes !

6. J'ai befoin de l'avenir, pour me faire fupporter le préfent.

7. J'ai befoin d'un père, pour me défendre contre mes frères.

8. Un tems d'épreuve fup-pofe un tems de récompenfe.

9. Sans celà , ô mon Dieu ! l'homme naîtroit toujours trop tôt ; mourroit toujours trop tard.

PSEAUME VIII.

Contre les Souverains qui n'ont une Religion que par politique.

1. DIEU de mes pères! l'habitude entraîne encore la foule dans les temples.

2. Mais n'y voyant plus que de l'or & du marbre, la multitude ftupide te méconnoît.

3. Les Chefs des Nations ne te regardent plus que comme un épouvantail, placé fur la terre pour contenir la tourbe des hommes.

4. Les Rois ne croyent rien au-deffus d'eux; ils fe font fait appeller les Dieux de la terre.

5. Seigneur! que tardes-tu? montre - toi le Dieu de ces Dieux.

6. Le culte qu'ils te rendent n'eſt à leurs yeux qu'un devoir d'étiquette.

6. Quand ils ſont ſeuls, ils ſe moquent de Celui-là qu'ils ont adoré dans l'aſſemblée du Peuple.

7. Tonne ſur leur tête exaltée ; que leur couronne de pierreries ſe change en un tiſſu d'épines.

8. Métamorphoſe leur ſceptre de fer en roſeau fragile ; & retire pour un moment le doigt divin qui ſoutient leur trône chancelant.

PSEAUME IX.

Contre ceux qui ofent trouver de défauts dans la création du monde.

1. Hommes ingrats! vous trouvez des taches au Soleil qui vous éclaire.

2. Si le Soleil ne vous éclairoit pas, lui trouveriez - vous des taches?

3. Les imperfections de l'Univers vous difpenfent-el'es de la reconnoiffance envers fon Auteur?

4. Le pauvre doit-il murmurer contre le riche, parce que le riche ne donne pas tout ce qu'il poffède au pauvre?

5. Si Dieu avoit voulu vous faire femblables à lui, ô mortels! feriez-vous ainfi des raifonneurs inconféquens?

6. Et de quel droit, le piedeftal ofe-t-il juger la ftatue?

7. Si mon Dieu ne voiloit pas fa face, pourriez-vous en foutenir le regard?

8. Vous qui accufez mon Dieu d'impuiffance; que deviendriez-vous, s'il déployoit fon bras tout-puiffant?

9. O homme! tu vois du mal fur la terre.... Sans doute! puifque tu l'habites.

10. Infecte rampant! ofes-tu bien infulter à la Rofe, parce

que la chenille impure l'a fouillée par son paffage ?

11. Homme à courte vue,
tes yeux fuffifent à peine pour
te conduire.

12. Et ne fçais-tu pas que
tous les objets fe peignent fur
ta rétine, renverfés & en fens
contraire ?

13. Et depuis quand le fourd
ofe - t - il prononcer fur l'harmonie d'un concert d'inftru-
mens ?

14. Mortel, admire les coups
de théâtre de la fcène du
monde ; & ne cherche pas à en
deviner le jeu & les refforts.

15. Un voile impénétrable

te les dérobe, & c'eft pour ton bonheur.

16. Mon Dieu eft comme un Bienfaiteur délicat; il cache la main qui donne.

17. Jouis en repos des effets; Dieu fe charge de l'embarras des caufes.

18. Des enfans bien élevés murmurent-ils contre leur père, de ce qu'il les a faits moins grands & plus foibles que lui?

PSEAUME X.

L'homme doit admirer & fe taire,

1. MORTELS! foyez juftes ;
& ne mettez point vos propres
fautes fur le compte de votre
Dieu.

2. L'homme felon la nature
eft le chef-d'œuvre de Dieu,
L'homme focial eft l'œuvre im-
parfait des hommes.

3. Le mal eft fur la terre!
Qui eft-ce qui l'y a mis? Eft-
ce Dieu , ou l'homme ?

4. L'homme ofe dire, qne
c'eft Dieu ? Qui jugera ce grand
procès ?

5. Le tribunal de la Raiſon eſt le trône de mon Dieu.

6. O homme ! crains de plaider contre Dieu ; il eſt Juge & Partie dans ſa propre cauſe.

7. Rapporte t'en à ſa juſtice ; eſpère en ſa miſéricorde.

8. O homme ! vaſe d'argile, crains de te heurter contre le bras divin.

9. Celui qui pèſe les mondes dans ſa balance, ſçait lequel l'emporte du bien ou du mal.

10. O homme ! ſans oſer prononcer ſur la juſteſſe de la balance ; crains plutôt de n'être qu'un poids inutile ſur la terre.

11. Fais le bien, & Dieu te préservera du mal.

12. La coupe de la vie, au moment que Dieu te la passe, n'est point frélatée.

13. Uses-en, sans t'ingérer à faire l'analyse de la liqueur qu'elle contient.

14. Bois cette liqueur dans toute sa pureté, sans y mettre du tien.

15. N'agite pas trop le vase : Le mal, comme la lie, se précipitera, se déposera de lui-même au fond ; le bien surnagera & s'offrira à tes lèvres de lui-même sans mélange.

16. Quand tu en auras goûté

3

avec modération, tu t'endor-
miras dans une douce ivresse,
pour te reveiller au sein d'un
père.

PSEAUME XI.

Contre les Hypocrites.

1. SEIGNEUR! loin de moi ceux qui ont deux maintiens, & ceux qui se permettent une double doctrine.

2. Loin de moi ceux qui temporisent avec leur siècle, & ceux qui composent avec le monde.

3. Ils ressemblent trop aux Hypocrites; leur prudence annonce de la duplicité.

4. L'amour de la paix qu'ils prennent pour prétexte, ne me paroît que de la pusillanimité.

5. J'oserai, à la face de la

terre, rendre témoignage à mon Dieu, au Dieu de Vérité.

6. J'oferai dire tout haut ce que je penfe tout bas. Je laiffe au menfonge fon manteau.

7. Un mafque gêneroit trop mon vifage, & affoibliroit ma voix qui n'eft déja pas trop forte.

8. Je fuivrai la ligne droite qui mène à mon Dieu, au Dieu de Vérité; parce que la vie eft courte.

9. J'attaquerai le vice de front; ma contenance découverte & affurée le fera trembler à mon approche.

10. Je veux, que dans les

carrefours de la Capitale, où je fuis né ; je veux, que le men-fonge ne puiſſe s'y méprendre.

11. Je veux qu'on diſe en me voyant paſſer, & en me montrant du doigt :

12. Le voilà, l'Ami du Dieu de Vérité. Tremblez, Miniſtres ténébreux du menſonge.

13. S'il n'a pas la taille & la force d'un géant ; il a le courage & la franchiſe d'un héros.

14. Aucune conſidération hu-maine ne peut fermer ſa bou-che. Sa plume, dans ſa main, n'a jamais ſçu ployer.

15. Il iroit juſqu'aux pieds des autels & du trône, pour dé-

pouiller l'Hypocrifie, fi elle s'y étoit réfugiée.

16. Les prejugés n'auront point d'afyles facrés pour lui ; parce que le dieu de Vérité daigne le mèner lui-même par la main.

PSÉAUME XII.

Portrait du bon & du mauvais Riche.

1. J'AI quelquefois écouté aux portes du Riche ; & ce que j'ai entendu m'a consolé d'être Pauvre.

2. Providence de la Nature! toi qui donnes la fourrure aux quadrupédes & le duvet aux oiseaux :

3. Toi, dont l'œil est ouvert sur le roitelet comme sur l'aigle.

4. Que le Pauvre se jette dans tes bras ; qu'il meure en attendant ton secours ; plutôt que de mendier celui du Riche.

5. O mon Dieu ! ne me donne jamais des tréfors à pleines mains, s'il eft bien vrai qu'on ne puifle être riche & compatiffant tout enfemble.

6. Il eft pourtant bien doux de dire à fon femblable : que ma table foit auffi la tienne.

7. Il eft bien doux de fentir fa main mouillée des pleurs de la Reconnoiffance.

8. Le Riche qui partage avec le Pauvre juftifie la providence de mon Dieu, que des téméraires accufoient de partialité.

9. Mais, où eft-il le Riche qui ne peut dormir, tant qu'il

entend le Pauvre frifonner de froid fur le feuil de fa porte ?

10. Où eft-il le Riche qui fe lève matin, afin de furprendre l'Indigent & de lui procurer un doux reveil ?

11. Où eft-il le Riche qui donne, avant qu'on lui demande ?

12. Divine Providence, fi les Riches fe modèloient fur toi, il n'y auroit plus de Pauvres.

13. Riche, tu as épuifé toutes les jouiffances; il t'en refte encore une à goûter.

14. Effaye du plaifir attaché à la bienfaifance ; il te dégoûtera de tous les autres.

15. Et vous, Pauvres! con-
folez-vous! Gardez-vous d'en-
vier le fort de l'homme opulent.
Vous ne le fcavez que trop :

16. Une triple cuiraffe d'or
environne fon cœur; & ferme
l'accès aux vertus de la fage
Médiocrité.

PSEAUME XIII.

A l'Avare.

1. LE son des écus fait dres-
ser les oreilles de l'Avare ; mais
il est sourd à la voix du Dieu
de Justice & de Bonté.

2. Riche Avare ! prends
garde à tes calculs ; le Dieu
de justice vérifiera tes comptes.

3. Tu es son économe sur
la terre ; il t'a chargé de l'ad-
ministration de ses bienfaits.

4. Malheur à toi, si mon
Dieu trouve dans tes registres
infidèles quelques erreurs vo-
lontaires.

5. Quand le Pauvre invoque

le Dieu de Bonté; le Dieu de Bonté le renvoye par-devant les bureaux du Riche.

6. Malheur au Caiffier qui ferme fon tréfor au Pauvre, envoyé par le Dieu de juftice & de bonté.

7. Le Caiffier perdra la confiance de fon maître; & fera chaffé de fon emploi.

PSEAUME XIV.

Éloge de la Médiocrité.

1. SEIGNEUR, conserve-
moi dans la douce Médiocrité
où tu m'as placé.

2. Si j'ai quelques mérites à
tes yeux, je les dois à l'état
obscur où tu m'as fait naître.

3. L'opulence dessèche l'ame,
rend l'esprit paresseux & en-
gourdit les forces du corps.

4. Heureux l'enfant des hommes, dont le berceau n'est point
suspendu aux branches du chêne
altier !

5. Heureux celui qui s'endort
sous un humble toît de chaume !

4

il ne s'éveillera point au bord d'un précipice.

6. Heureux qui se contente d'être juste devant toi, ô mon Dieu ! & qui ne mendie pas les regards de la multitude.

7. Heureux qui marche sans bruit, & qui n'a point de pas à disputer sur le chemin de la vie !

8. Dans l'état mitoyen, on échappe à l'envie ; mais on n'en est pas moins vû de son Dieu.

9. Et qu'importent les applaudiss mens de tout l'Univers, si l'on n'a pas le suffrage de son Dieu & de son Cœur !

PSEAUME XV.

Contre la fauſſe honte.

1. Mon Dieu! guéris-moi de la fauſſe honte, quand je fais le bien.

2. Hélas! les hommes civi-liſés en ſont venus au point de rougir de la Vertu, comme ja-dis on rougiſſoit du vice.

3 L'honnête-homme eſt montré au doigt, comme quel-qu'un qui veut ſe ſingulariſer.

4. Rendre témoignage en public au Dieu de Vérité, c'eſt s'afficher pour un homme qui ne ſçait point les uſages.

5. Mon Dieu! donne-moi

le courage d'être juste, au milieu de mes semblables qui ne le sont plus.

6. Si je ne puis vaincre cette mauvaise honte, mon Dieu; donne-moi du moins des ressources pour me suffire à moi-même.

7. Alors je renoncerai à la Société, où l'on ne peut être juste impunément :

8. Ou le manteau de la Sagesse devient un ridicule aux yeux des fols.

———

PSEAUME XVI.

Contre les Savans orgueilleux.

1. PÈRE des lumières ! Intelligence divine ! Dieu de toute fcience ! daigne confondre l'orgueil des Savans.

2. Sans doute qu'ils te font pitié ; quand tu abaiſſes tes regards juſques fur eux.

3. Affis dans leurs fauteuils académiques , comme fur un tribunal , ils femblent être les Juges de la Nature ;

4. Il femble que rien ne puiſſe fe faire fans eux , ou fans leur confentement.

5. Le Soleil pour échauffer,

attend qu'ils aient donné leur théorie sur la chaleur.

6. Bientôt ils oseront te citer devant eux, & te faire rendre compte de ta conduite.

7. Du sein des ténèbres de l'ignorance, ils ne craignent pas d'insulter au Dieu du jour.

8. Ils ont les prétentions d'un Géant, avec l'organisation d'un Nain.

9. La main de l'homme peut à peine atteindre aux derniers feuillages des arbres ; & de son front, il croit toucher au front des étoiles.

10. De ses foibles bras, il peut à peine enceindre le

chêne ; & il veut embraſſer toute la Nature.

11. Il s'eſt élevé de terre de quelques pieds ; & il affecte déja l'empire des airs.

12. Il n'a pas encore de morale ; & il veut donner des loix à la Nature.

13. Il oſe lui poſer des bornes, & fixer les époques de ſon hiſtoire.

14. Dans ſon étroit cerveau, il réforme tout l'Univers ; & il ignore ce qui ſe paſſe, ſous ſes yeux, dans ſes propres foyers.

15. Ce ver de terre ſe croit les aîles de l'aigle ; il s'imagine planer, quand il rampe.

16. Fils de l'homme, tu te vantes d'arrêter le tonnerre dans sa courfe; & une goutte de liqueur enivrante te renverfe à terre.

17. Tu te glorifies de marcher fur les eaux; tandis que la terre s'entr'ouvre fous tes pas.

18. O mortel! as-tu donc oublié que l'arbre de la fcience donne des fruits amers?

19. Tous tes maux viennent de ce que tu veux apprendre tout, hors ce qu'il faut que tu faches, & ce qu'il t'eft fi aifé de fçavoir.

PSEAUME XVII.

La feule étude convenable à l'esprit de l'homme.

1. INSENSÉ que j'étois! pour acquérir la Sageſſe, j'ai longtems pâli ſur les livres de nos Sages du jour.

2. Dieu de la Nature, ouvre-moi ton grand livre; & apprend moi à en déchiffrer les pages.

3. Le véritable Savant eſt celui qui ſçait lire dans le livre de la Nature.

4. Le vrai Sage eſt celui qui regle l'économie de ſa vie ſur le plan du Dieu de la Nature.

5. Chef-d'œuvre de l'art, superbe Cité ! je quitte ton enceinte & tous les prestiges qu'elle renferme.

6. Montagnes élevées ! donnez de la hauteur à ma pensée ; aggrandissez mon ame à votre niveau.

7. Forêts profondes, recevez-moi sous vos ombres hospitalières ; & apprenez-moi à méditer.

8. Je veux être sans cesse en présence du dieu de la Nature ; dites-moi comme il faut le louer.

9. J'ai gravi jusqu'au sommet du rocher aussi vieux que le sol sur lequel il pèse.

10. Là , je vois le Soleil longtems avant qu'il faſſe jour pour mes ſemblables ; je le perds longtems après qu'il a diſparu pour eux.

11. Là , je me ſens plus près du Dieu de la Nature. Là , je me reſpecte davantage.

12. De-là , que la ville qui occupe la plaine me paroît petite & miſérable !

13. L'art & toute ſa magie, qu'eſt-il devant le Nature ? Ce que l'homme eſt devant Dieu.

PSEAUME XVIII.

Contre les Rois orgueilleux; & auffi, contre la Royauté.

1. DIEU des Dieux de la terre, punis ces Potentats orgueilleux, qui s'en vont, difant:

2. Que deviendra le monde, quand je n'y ferai plus?

3. Vermifleaux couronnés! le monde fera après, ce qu'il étoit avant vous.

4. Une fourmillière s'apperçoit-elle de l'abfence d'une fourmi?

5. Roi fuperbe, as-tu fait quelque bien? cent mille autres pourroient en faire autant & plus que toi.

6. Apprend que les Rois,

quand ils font bons, ne font que leur devoir.

7. Apprend que les hommes pouvoient fe paſſer même de bons Rois.

8. Et que les Rois ne feront jamais aſſez de bien aux hommes leurs femblables, pour leur faire oublier qu'ils étoient tous égaux.

9. Sache que la Royauté eſt

. . . .

. . . . . .

10. Sache, enfin, que mon Dieu n'a permis aux hommes d'avoir . . . .

. . . .

. . . .

PSEAUME XIX.

Des Juges & de ce qui s'en fuit.

1. DIEU de Juſtice! tu le vois! Les Chefs du Peuple, qui ſe diſent tes repréſentans, ont deux balances, comme s'il y avoit deux Juſtices.

2. Daigne un moment rabaiſſer ta Majeſté juſqu'à eux; Rapproche l'original ſacré de ceux qui ſe vantent d'en être les images fidèles!

3. Hélas! j'ai vu l'homme juſte quitter ſa famille pour venir diſputer, au pied d'un Tribunal inique, le morceau de pain trempé de ſes ſueurs, &

que fa famille attend pour vivre.

4. Si le malheureux fe pré-
fente les mains vuides ; hélas !
que de lenteurs, que de rebuts ,
on lui fera effuyer !

5. Il mourra, avant d'avoir la
confolation de favoir, fi le champ
de fes pères paffera à fes enfans.

6. Et à fa mort, fes enfans
viendront glaner dans le même
champ où ils devoient moif-
fonner.

7. J'ai vu la veuve & l'orphe-
lin demander juftice , comme
on mendie un bienfait.

8. Je les ai vus prêts à fe dé-
pouiller de leur dernier vête-

ment, pour trouver grace aux yeux de leurs Juges.

9. Dieu des bonnes mœurs! je les ai vus, & mon front en a rougi pour leurs Juges;

10. Je les ai vus accorder tout, pour conferver quelque chofe.

11. Tremble, fur ton fiége, Juge inique! tu trouveras dans mon Dieu un Juge févère.

12. Il recueille dans fa main divine les larmes de l'Inno-cence : il compte les foupirs de la Pudeur aux abois.

13. Et vous, Plaideurs! qui en-trez innocens dans le Temple de la Juftice! Ah! craignez d'en fortir abfous, mais coupables.

PSEAUME XX.

La Guerre.

1. PÈRE de la vie ! tu avois dit aux hommes, échappés de ta main créatrice : croiſſez & multipliez !

2. Les hommes ne tiennent pas de compte de cette loi ſi douce à remplir ; ils ont même ennobli l'art de détruire l'œuvre de tes mains.

3. Ils aigùiſent eux-mêmes la faulx de la mort ; le Tems deſtructeur leur paroît trop lent, quoiqu'il vole.

4. Ils ſeroient pardonnables, s'ils vouloient, en s'arrachant

5 iij

la vie, se rapprocher plutôt de toi, ô mon Dieu!

5. Mais non! l'intérêt & la vengeance seuls, les poussent les uns contre les autres.

6. Ils se rangent en bataille, au son des instrumens.

7. L'ordre & l'harmonie président à leur rage.

8. Chamarés de diverses couleurs, ils font semblant de ne point se reconnoître.

9. L'homme égorge son semblable, avec sang-froid: il jouit plus en ôtant la vie qu'en la donnant.

10. L'homme se coëffe avec un orgueil féroce, d'une couronne de laurier teint dans le sang de son frère.

11. O mon Dieu ! tu vois tout ; & tu permets que de telles scènes se passent sous tes yeux.

12. Tu permets que dans tes Temples pacifiques, on dresse des trophées de Guerre.

13. On ose charger d'armes homicides tes Autels non-sanglans.

14. On ose te donner à bénir le signal de la vengeance & l'instrument de la férocité.

15. Et ton nom, ton nom sacré, le nom de mon Dieu ! sert de cri de Guerre.

16. Sur le champ de bataille, on leve vers toi des mains toutes fumantes de sang.

17. Père des hommes, on te rend des actions de grace, d'avoir égorgé tes enfans.

———

PSEAUME XXI.

Le Duel.

1. L'HOMME inconféquent murmure contre la main du Très-Haut, quand elle laiſſe échapper ſon tonnerre.

2. L'homme inconféquent ne trouve pas mauvais de courir ſur ſon ſemblable, la main armée du fer ou de la flamme.

3. Dieu de Paix ! pourquoi n'interpoſes-tu pas ta main entre les combattans ?

4. Pourquoi ton Soleil éclaire-t-il ces brillans forfaits, comme pour en être le complice ou le témoin ?

5. Pourquoi ta foudre ne vient-elle pas fondre, dans la main des combattans, l'acier dont elle eſt armée pour le meurtre ?

6. Le loup vorace ne dévore point le loup. Le lion eſt en délire, quand il s'élance ſur le lion.

7. L'homme n'eſt jamais plus grand chaſſeur, que quand l'homme eſt ſon gibier.

8. Quels ſont ces deux amis qui s'écartent de la foule, ſans doute pour être tout à eux-mêmes ?

9. Je les vois manger à la même table, & boire dans la même coupe.

10. Ils se levent précipitam-
ment; ils s'arment chacun d'un
glaive.

11. Pourquoi se mesurent-
ils avec tant de précaution ?
Que signifie le salut qu'ils se
donnent, en se présentant les
armes avec grace ?

12. A quels exercices vont-
ils se livrer, ces deux amis qui
paroissent si bien d'accord ?

13. Que leurs mouvemens
sont rapides ! L'éclair est moins
prompt que leur geste.

14. Que vois-je ! Un d'eux
tombe aux pieds de l'autre.
Celui-ci appelle du secours.

15. Courons !.. ô mon Dieu !

le fang coule. L'un de ces deux amis meurt, de la main de l'autre.

16. Dieu! c'étoit deux rivaux. Ce que je prenois pour de l'amitié n'étoit que de la vengeance.

17. O mon Dieu, tu les vis commencer; & tu les laiſſas finir..... Pardonne..... Sans doute, tu permets le mal; mais fans l'autoriſer.

———

PSEAUME XXII.

Le Pfalmifte s'abftient de porter les armes.

1. DIEU de clémence & de paix ! le fang n'a pas encore fouillé ma main.

2. J'ai rejetté loin de moi l'inftrument homicide , dont mes frères fe font une parure.

3. J'ai mieux aimé fouffrir l'injure que de la repouffer avec l'injure.

4. Je me fuis détourné du méchant , comme on fe détourne du rocher qui fe détache de la montagne.

5. Jamais la gloire des armes

6

ne chatouillera mon cœur pacifique.

6. Mais, hélas ! me faudrat-il toujours être complice ou témoin du crime ?

7. Me faudra-t-il encore longtems marcher fur la terre, comme en pays ennemi ?

8. O mon Dieu ! dérobe-moi à ces fpectacles de fang. Mais, hélas ! où me conduiras-tu ?

9. Par-tout où il y a des hommes, l'homme trouve des rivaux.

10. Hélas ! l'homme n'a pas de plus grand ennemi que fon femblable.

PSEAUME XXIII.

Erreurs des Méchans, leurs faux calculs.

1. ENCORE, s'ils étoient heureux, les Méchans seroient excusables.

2. On leur pardonneroit de se permettre toutes les voies, si elles aboutissoient toutes au Bonheur.

3. Grand Dieu ! donne-moi des poulmons d'airain, pour me faire entendre, à mes semblables de toutes les contrées.

4. Je leur crierois : mes frères ! sachez qu'il est de votre intérêt d'être justes.

6 ij

5. Sachez que les plaisirs du vice sont faux ; & que la lie empoisonne le calice où s'enyvre le Méchant.

6. Sachez que, du sein de la Beauté coupable, s'éleve un ver rongeur.

7. Sachez qu'il n'est pas de jouissances, qui approchent de celles d'un cœur pur.

8. Et que la vraie félicité est compagne de la sagesse.

9. Sachez que la santé est fille de la tempérance ; & la douce médiocrité, mère de la paix.

10. Sachez que la Vertu n'est pas aussi triste qu'on vous la peint ordinairement ;

11. Et que le fourire des paſſions déréglées eſt toujours perfide.

12. Sachez que les maux qui affligent les hommes ſont dus à leurs excès.

13. Sachez, enfin, que mon Dieu eſt juſte ; & que s'il vous permet d'être méchans, c'eſt ſous peine d'être malheureux.

PSEAUME XXIV.

Le Pſalmiſte prêche l'Indulgence.

1. ENFANS des hommes! ſoyez indulgens les uns envers les autres ; vous ne valez pas mieux les uns que les autres.

2. Soyez indulgens! car le Dieu de clémence vous en donne l'exemple le premier.

3. S'il n'étoit que juſte, ſouffriroit il auſſi longtems vos iniquités? mais il eſt miſéricordieux.

4. Tous les jours vous trangreſſez ſa loi; & cependant tous les jours il vous nourrit.

5. Vous manquez tous les

jours à vos engagemens sacrés; son soleil ne se lève-t-il pas tous les jours sur vos têtes coupables?

6. Et de quel droit vous montreriez-vous sévères pour vos semblables? Si votre voisin fait aujourd'hui un faux pas; demain vous ferez une chûte.

7. Supportez vos défauts; vous en avez tous.

8. Détestez, fuyez le vice; mais plaignez & relevez de terre le vicieux.

9. Prêtez votre bras à l'homme ivre, pour le ramener en sa maison:

10. Demain, il pourra vous

couvrir de fon manteau, au fortir d'un lieu fufpect.

11. De l'indulgence pour tous vos frères ! de la févèrité pour vous feuls !

———

PSEAUME XXV.

Le Pſalmiſte s'accuſe d'avoir aimé un autre Objet que Dieu.

1. DIEU des miſéricordes! j'ai péché devant toi ; mais l'aveu de ma faute en ſollicite le pardon.

2. Oui ; mon Dieu! j'ai adoré l'œuvre de tes mains , ſans remonter juſqu'au bras divin qui a fait tout ce qui eſt beau.

3. J'ai admiré le vaſe du potier ; j'ai converti ce vaſe à mon uſage.

4. Et comme ſi ce vaſe s'étoit pu faire de lui-même , le potier n'a reçu de moi aucun hommage.

5. Une fille des hommes s'eſt emparé de toutes les facultés de mon cœur.

6. Elle en a chaſſé l'auteur de tous les tréſors, dont elle eſt vaine.

7. Hélas ! la copie imparfaite m'a détaché du modèle de toute perfection.

8. Dieu miſéricordieux ! ne ſois point jaloux ; pardonne-moi d'avoir ſacrifié ſur d'autres autels que ſur les tiens ?

9. Pardonne-moi d'avoir dérobé l'encens que je devois à mon Créateur , pour le porter , pour le brûler aux genoux de ta Créature.

10. J'ai voulu me cacher

mes fautes ; j'ai voulu juſtifier à mes propres yeux & aux tiens la ſurpriſe de mes ſens ;

11. En diſant : c'eſt encore mon Dieu que j'aime , dans l'Objet qui en approche le plus à mes regards.

12. Le Dieu de la Nature me pardonne le plaiſir que j'é- prouve aux accens du roſſignol ;

13. Peut-il me faire un crime de prêter l'oreille à la voix ten- dre d'une fille des hommes ?

14. Une fille des hommes eſt une fleur : le Dieu de la Na- ture peut - il s'offencer de me voir careſſer les fleurs que lui- même a fait naître ſous mes pas ?

15. Aveugle que j'étois ! je ne m'appercevois point que le ſerpent aimoit à ſe gliſſer ſous des roſes.

16. Semblable au Père des hommes, je me ſuis caché avec la femme que je croyois ſelon mon cœur ; mais qui n'étoit pas ſelon le cœur de mon Dieu :

17. Me ſerois-je caché, ſi je ne m'étois pas ſurpris auſſi coupable qu'Adam ? Le bien ſe fait de jour ; le mal eſt pour la nuit ?

PSEAUME XXVI.

Portrait des Femmes du siècle.

1. SEIGNEUR! Père de la Nature! C'est-toi qui as dit: il n'est pas bon que l'homme soit seul.

2. J'ai cherché parmi les filles des hommes, une femme selon ton cœur.

3. J'ai parcouru la ville, je me suis répandu dans les campagnes.

4. J'ai trouvé plus de Beauté que d'Innocence, parmi les filles des hommes.

5. Les filles des hommes ont

7.

des graces; mais elles n'ont
point de mœurs.

6. Le miel eft fur leurs lèvres; le fiel eft dans leur cœur.

7. Elles ont les yeux de la
colombe, & la langue du fer-
pent.

8. Elles chantent avec goût;
mais elles ne parlent point avec
fageffe.

9. Elles danfent en mefure;
mais elles ne fçavent point marcher droit.

10. Elles veulent plaire à plufieurs; comment pourroient-
elles fe refoudre à n'en aimer
qu'un?

11. Elles négligent la piété

filiale ; fe montreroient - elles bien jaloufes des devoirs ma-ternels ?

12. Seigneur ! je refterai feul & fans compagne, jufqu'à ce que tu me faffes rencontrer une femme felon ton cœur.

———

PSEAUME XXVII.

Portrait des Femmes felon le cœur de Dieu & du Pfalmifte.

1. DIEU de la Nature ! dont la main paternelle a daigné femer les fleurs fur la route épineufe de la vie :

2. Ah ! dis-moi , où me faut-il aller pour obéir au commandement que tu donnas à Adam & à Eve : croiffez & multipliez !

3. Père de la Nature ! dont le doigt complaifant a daigné colorer la rofe & la violette.

4. Fais-moi rencontrer une femme dont le front modefte fache encore rougir !

5. Une femme dont la bouche puisse sourire avec innocence ; & dont les yeux timides s'humectent des larmes du sentiment !

6. Où font elles ces Vierges pudiques, aussi simples que les agneaux qui folatrent autour de la Bergère naïve ?

7. Où se sont-elles refugiées les Vertus domestiques, qui font les bons menages & les mariages heureux ?

8. Dois-je aller bien loin encore ; dois-je attendre encore longtems, avant de rencontrer une fille des champs, dont le cœur soit aussi pur

que l'haleine du mois de Mai :

9. Et à qui la Nature feule ait appris à plaire & à aimer ?

10. Où mène-t-elle paître fon troupeau, la Paftourelle ingénue ; douce comme la toifon de fon agneau chéri ?

11. Que j'aille toucher fes vêtemens de lin, & baifer le bout de fa ceinture intacte !

12. Je lui dirai : fille des champs ! heureux le Pafteur que tu appelles ton père, ou ton frère :

13. Mais plus heureux mille fois celui à qui tu donnerois le droit de fe dire ton époux bien-aimé !

PSEAUME XXVIII.

Des Sociétés.

1. PÈRE de la Nature, rappelle à toi tes enfans; ramène-les à leurs premières habitudes.

2. Tu les avois placés fur la terre, avec tout ce qui falloit pour être heureux.

3. Tu avois choifi pour eux l'état le plus convenable & le plus avantageux.

4. Tu ne les avois foumis qu'au pouvoir paternel.

5. S'ils s'en fuffent toujours rapportés à la loi du Dieu de la Nature, ils ignoreroient

encore ce que c'eſt que la puiſ-
ſance abſolue & l'autorité ar-
bitraire.

6. Dieu de la Nature! les
hommes n'auroient dû relever
que de toi.

7. Les enfans des hommes
n'auroient dû avoir d'autres
maîtres que leurs pères.

8. Les inſenſés! ils ſe ſont
laſſés d'être heureux ſous la
houlette des Paſteurs: ils ont
voulu que le ſceptre des Rois
pèſât ſur leur tête.

9. Ils t'ont demandé des Rois;
tu leur en as envoyé dans ta
juſte colère; & les hommes les
ont reçus comme des bienfaits.

10. Dieu de mes pères, fais reprendre à l'homme ſa dignité première ; & apprends-lui à ſe gouverner lui-même.

11. Fais lui reſſouvenir que tu ne l'avois pas créé pour ſervir ni pour ſe faire ſervir.

12. Les enfans du Père de la Nature doivent être tous libres. Le Père de la Nature n'a point fait d'eſclaves.

———

PSEAUME XXIX.

Abus des Hommes dans l'emploi de la vie, & dans l'ufage des productions de la Nature.

1. QU'ILS font infenfés, les enfans des hommes! ils méconnoiffent les merveilles du Dieu de la Nature.

2. Ils mettent un plus grand prix à l'œuvre périffable de leurs mains inhabiles, qu'aux prodiges immortels du Dieu de la Nature.

3. Ils préfèrent des fpectacles factices, des tableaux menfongers, aux grandes fcènes du globe, aux fublimes effets des corps céleftes.

4. Je les ai vus quitter le Soleil, pour se rassembler à la foible lueur de leurs flambeaux palissàns.

5. Je les ai vu fermer l'oreille aux chants des oiseaux , pour s'extasier au bruit discordant de leurs instrumens.

6. Dieu de la Nature ! Tu avois donné aux hommes des campagnes riantes & des ombrages frais.

7. Ils se sont bâti des murs épais, des prisons étroites qu'ils appellent des Cités.

8. Là , ils se renferment, pressés les uns contre les autres ; au lieu de se disperser , sans se nuire.

9. Ils s'entaffent fur quelques points du globe, & laiffent défert & inculte le refte de la furface du globe.

10. L'eau pure des fontaines, le lait nourricier de la vache bienfaifante, le doux miel de l'abeille laborieufe;

11. Ils n'ont pas été contens de tout cela; ils ont imaginé des boiffons enivrantes & malfaines.

12. Les fruits fans nombre, les légumes falubres, les végétaux fubftanciels ne fuffifent pas pour affouvir leur faim.

13. Comme des animaux voraces, il faut que le fang ruiffelle fous leurs dents.

14. Ils ont le courage d'égorger le jeune agneau, aux yeux de sa mère.

15. Les ingrats ! le bœuf, au retour du labourage, tombe sous leur hache meurtrière ;

16. Ceux dont il vient de féconder le champ, se repaissent de sa chair palpitante.

17. Seigneur ! dis-moi, s'il reste encore un coin de terre où l'on puisse vivre selon la Nature.

18. Indique-moi une isle déserte, un rocher aride, où l'homme puisse en toute sécurité adorer l'éternelle Justice.

19. Hélas ! le demon de la guerre, & le génie du despo-

tifme fe font divifé le monde.

20. On rencontre leurs tra-ces par-tout ; ils fe font donné la main d'un bout de l'Univers à l'autre.

21. Il n'eft pas un tertre, qui puiffe fervir d'afyle à la Liberté.

22. Ne pourrai-je , avant de defcendre dans la tombe , ufer un feul moment des droits de l'homme ?

23. La tombe eft-elle le feul rempart contre l'injuftice & l'efclavage ?

24. La vie eft courte , Dieu de Prudence ! tu n'as pas jugé à propos de multiplier nos jours comme les grains de fable.

25. Tu prévoyois dans ta sageße l'ufage que nous en ferions.

26. Ceux qui perdent leurs jours ne font pas les plus coupables, ô mon Dieu !

27. Ce font ceux qui les employent ſi mal, qui ne juſtifient que trop ta ſage parcimonie, ô mon Dieu !

28. Que faiſons nous de la vie ? des arts frivoles, d'autres occupations vicieuſes la rempliſſent toute entière.

29. D'ailleurs, les riches ſeuls jouiſſent des fruits du génie.

30. Le Talent pauvre veille pour la Richeße ignorante.

8 ij

31. De tous ces travaux brillans, que reste-t-il ? un vain
nom & beaucoup de fatigue.

32. Heureux celui qui se
borne à la contemplation de la
Nature, & qui jouit de ses œu-
vres sans y mêler les siennes!

33. Le Dieu de la Nature
est la source intarissable des
plaisirs vrais.

34. Pour être heureux &
bon, il faut que l'homme en
revienne à la Nature & s'y
tienne.

———————

PSEAUME XXX.

Tableau du tems préſent.

1. MON Dieu ! tu m'as fait naître trop tôt. Peut-être que la génération à venir ſaura mieux te bénir, & marcher plus droit devant tes yeux.

2. Veille ſur les inſtituteurs, qui dénaturent l'œuvre de tes mains.

3. Rappelle les mères à leur premier devoir, & les pères à leur première fonction.

4. Ce que les parens jadis regardoient comme une bénédiction du Ciel, leur ſemble aujourd'hui une charge importune.

8 iij

5. Les mères ftériles fe font gloire de leur nullité, & font infenfibles aux careffes inno-centes d'un nouveau né.

6. On veut cueillir les fleurs de l'Amour ; mais non les fruits de l'Hymen.

7. L'Hymen renverfe fon flambeau, & met la main de-vant fes yeux,

8. Pour ne point voir les fcènes fcandaleufes, dont le lit nuptial eft le théâtre journalier.

9. Le goût des plaifirs hon-nêtes eft paffé ; les cœurs blâ-fés ne prennent plus de part aux douces jouiffances de la Nature.

10. Si le hafard donne un héritier aux époux, il devient bientôt un témoin importun, que l'on ne fauroit éloigner trop longtems.

11. Hélas ! la mère eft devenue pour fa fille un objet de fcandale.

12. Le fils rougit pour fon père, & trouve en lui un exemple fufpeót.

13. Et les enfans ne tardent pas à devenir les dignes imitateurs des auteurs de leurs jours.

14. La galanterie impure mène aux honneurs & aux dignités.

15. Le luxe tue les mœurs.

8 iv

Les Vertus domeſtiques ſont paſſées de mode.

16. Le commerce n'eſt plus un échange de bienfaits ; & l'hoſpitalité eſt changée en trafic honteux.

17. On propoſe des prix à la Vertu, comme ſi elle ne portoit pas avec elle ſa recompenſe.

18. On paye un bonne action comme une denrée ; & les couronnes de la gloire ſe diſtribuent au plus offrant.

19. Les arts n'ont plus rien de grand ; & le premier des talens, la Poéſie, proſtitue ſes rimes à qui veut les achèter.

20. On ne t'adreſſe plus de

cantiques sublimes, ô mon Dieu ! & l'éloquence du génie ne se fait plus entendre dans la chaire de Vérité.

21. On t'élève encore des Temples, d'une main paresseuse ; mais les Palais du Plaisir éclipsent la Maison du Seigneur.

22. Les Lévites du Seigneur rougissent de leur costume & se travestissent.

23. Le manteau des Cénobites pèse sur leurs épaules ; ils ont honte de le porter.

24. Dieu de mes pères ! pourquoi me reservois-tu à ce spectacle ?

25. Que ne m'as-tu fais naître au fiècle heureux des Patriarches !

26. Hélas ! pour me dédom-
mager du tems préfent, je n'ai
que le fouvenir du tems paffé.

PSEAUME XXXI.

Tableau du tems paſſé.

1. O DIEU de mes pères !
Reviendra - t - il ce tems heureux , cet âge Patriarchal ;

2. Pendant lequel tu daignois
par fois deſcendre ſur la terre ,
ſans t'appercevoir que tu avois
quitté le ciel ?

3. Alors les hommes étoient
dignes de ta préſence ; ils mé-
ritoient que tu les viſitaſſes dans
ta bonté.

4. Alors tes autels ruſtiques ,
placés ſur le haut des montagnes ſaintes , n'étoient point
chargés d'or , ni ſouillés de
ſang.

5. Alors vêtus de lin & couronnés de fleurs, tes Miniſtres n'étoient point éloquens;

6. Mais leurs cœurs étoient auſſi ſimples, auſſi purs que leurs offrandes.

7. Le père de famille, alors, Roi de ſes enfans, n'avoit pour ſceptre qu'un bâton Paſtoral.

8. Sans balance, ni glaive, il rendoit la juſtice au pied d'un arbre, ou ſur le ſeuil de ſa cabane.

9. Un ſens droit, une ame intégre étoient ſon Code.

10. Alors les Vertus hoſpitalières ſervoient ſeules de loix aux hommes.

11. Alors on ne diſoit point

chez moi; mais on aimoit à dire *chez nous.*

12. La bonne-foi veilloit aux portes des maifons, & la fécurité au chevet du lit.

13. Jamais le foir, jamais le matin, on n'entendoit le bruit importun de l'injurieux verrouil.

14. Alors, ô mon Dieu ! on n'ajoutoit rien à tes dons ; on les recevoit tels que tu les donnois.

15. Jamais le fang ne teignoit les lèvres de l'homme à ~~jeun;~~

16. Et jamais la confervation de l'homme ne coutoit la deftruction des animaux utiles & paifibles.

17. Alors, Dieu de mes pères ! les nnions fe contractoient à la face du ciel, fans témoins & fans miniftre.

18. On invoquoit du fond du cœur le Père de la Nature; & ta rofée fécondoit la couche des nouveaux époux.

19. Uue poftérité nombreufe formoit la richeffe & faifoit la gloire d'un père de famille.

20. Alors la plus douce occupation d'une mère étoit d'élever fa fille, & de la dreffer aux vertus domeftiques.

21. Alors un fils voyoit dans fon père fon Dieu revêtu de la forme humaine.

22. Alors, Dieu de mes

pères ! ta foudre dormoit à tes
pieds ; & ta main droite étoit
fans ceffe tendue fur tes enfans
pour les bénir.

23. Alors, tu ne te repen-
tois pas de ton ouvrage ; l'efprit de l'homme étoit une glace
pure, dans laquelle tu te plai-
fois à répéter ton image.

24. Dieu de mes pères, il
en eft tems ; ramène encore fur
la terre & parmi nous ces
beaux jours, ces jours fereins
que l'homme n'eut jamais dû
oublier.

F I N.

De l'Imprimerie de C A I L L E A U,
rue Galande, N°. 64.

PERMISSION DU SCEAU.

LOUIS, PAR LA GRACE DE DIEU, ROI DE FRANCE ET DE NAVARRE : A nos amés & féaux Conseillers les Gens tenans nos Cours de Parlement, Maîtres des Requêtes ordinaires de notre Hôtel, Grand-Conseil, Prévôt de Paris, Baillifs, Sénéchaux, leurs Lieutenans Civils & autres nos Justiciers qu'il appartiendra : SALUT. Notre amé le Sieur MARÉCHAL, Nous a fait exposer qu'il desireroit faire imprimer & donner au Public un Ouvrage de sa composition intitulé, *Pseaumes nouveaux*, s'il nous plaisoit lui accorder nos Lettres de permission pour ce nécessaires. A CES CAUSES, voulant favorablement traiter l'Exposant, nous lui avons permis & permettons par ces Présentes, de faire imprimer ledit Ouvrage autant de fois que bon lui semblera, & de le faire vendre & débiter par tout notre Royaume, pendant le tems de cinq années consécutives, à compter du jour de la date des Présentes. FAISONS défenses &c. DONNÉ à Paris le sixième jour du mois d'Octobre, l'an de grace mil sept cent quatre-vingt-quatre, & de notre Regne le onzième. Par le Roi, en son Conseil.

LE BEGUE.

Registré sur le Registre XXII de la Chambre Royale & Syndicale des Libraires & Imprimeurs de Paris, Nº. 60, fol. 186, conformément aux dispositions énoncées dans la présente Permission, & à la charge de remettre à ladite Chambre les huit Exemplaires prescrits par l'Arrêt CVIII du Reglement de 1723. A Paris, le 8 Octobre 1784.

Signé, VALLEYRE, jeune, Adjoint.

www.ingramcontent.com/pod-product-compliance
Lightning Source LLC
Chambersburg PA
CBHW051929280626
47162CB00025B/2244